草壁焰太五行歌選歌集

人を抱く青

遊子編

目次

まえがき　草壁焰太　6
一　穴のあいた麦わら帽子　9
二　生きる花壜　13
三　詩業　21
四　思い　27
五　花　35
六　宇宙　45

七　生　53
八　川の音がかすかにする　67
九　寂　79
十　私の奥さん　85
十一　前川佐美雄先生　95
十二　父よ母よ　99
十三　恐竜のように歩め　103
十四　年月　111
十五　五行歌　119
十六　古典　129

十七　世界と抱擁　137
十八　明るい未来　159
十九　若者　167
二十　日本人　175
二十一　恋・男女　183
二十二　咆哮　189
二十三　富士　199
二十四　道　203
二十五　旅　211
二十六　東日本大震災　223

二十七　友　231
二十八　人を抱く青　239

あとがきにかえて　遊子　248
書作品一覧　254
作品メモ　257
五行歌の会について　264

装画　ヴォアザン
装丁　しづく

まえがき

草壁焰太

私はいままでに四冊の五行歌集を出しているが、入門書や編歌集などの出版に感けて、歌集の出版はいつも遅れがちであった。本来は、五冊目の歌集を出してもいい時期であるが、今回、選歌集としたのは、最初の頃の歌集を五行歌人たちがあまり読んでいないということに理由があった。

読まずにいろいろ言うのは困る。そこで選歌集を出す必要を感じていた。

こういうときに、こもろ歌会の遊子氏が、私の色紙を人に薦めるのに、簡単な六十首程度の選歌集を作られたのを見た。こういう熱心な方に歌を選んでいただければいいと思い、頼むと同時に刊行も早めることにした。

五行歌は今後、多くの方々に歌集、論集の出版を勧めていかなくてはならないが、こういう選歌集を編んでもらうのも、本の書き手を作る端緒としてなかなかいいと思った。

最初、私は二百首程度の選歌集を考えていたが、それでは少なすぎると思い始め、四百首に、ついには六百首程度にして、一ページ四首組みとすることにした。そうすれば、無理に削ることもない。

一月十五日、遊子さんに事務所へきてもらい、相当数増やして、歌集を作ることになった。私自身も追加したい歌を五十ほど選んだ。

それでも、当初、遊子さんの作った章分けはできるだけ壊さないようにした。「詩業」「若者」「私の奥さん」「五行歌」などは、私が選んでいたら、できなかった章であろう。概して、私の人生がわかりやすいものになった。

「五行歌」や「古典」の章は、遊子さんが予定していた前半より、かなり後半部に収容することにした。それから「恋」の章を作った。こうして、歌集は二十八章五七七首となり、満足いくものとなった。

全体にざわーっと立ち上がるような歌集となったと思う。最近、いろいろな方々の歌集を作ると、そのざわーっと立つような、要素の多いものがいい。選歌集も、そういうものになったと思われた。

遊子さんには、昨年の五行歌全国大会から続いて、選歌集作りに励んでいただいた。今後も多くの方と、こういうスタイルで新著を出して行きたいと思う。

書名となった「人を抱く青」は昨年北海道の洞爺湖の山上を通ったときに書いた歌から取った。私にとって、最も嬉しかった旅の歌である。

二〇一五年一月三十日

一　穴のあいた麦わら帽子

君のまぶたに
小さな
太陽が動く
麦藁帽子に
穴があいているから

ギリシャ壺の
ひきしまった線は
君の
上半身《トルソ》
風をすりぬける

あの人の
しなやかな背を
抱きしめる
空の弧を
たぐりよせるように

花びらの
小さな
ふくらみに
あの人の指を
かくしてやるのだ

どんな
ステンドグラスを
とおりぬけてきたのか
君の
薔薇色の頬

君はぼくの
倍ほどぼくを
思い出し
この冬の雨に
泣いていると思う

歌なんてと
ぼくはまずいう
まるで歌に
傷つけられたことが
あるみたいに

新しく
生きんと思い
文房具
やや量多く
買ってくる午後

二　生きる花壇

自分の詩集が
自分の最大の
欠点と
思える一日
まるくなって寝る

病気が
いまは
悲しくもない
ものを投げだす
喜びもある

呼吸困難の
発作の過ぎた
ぽっかりした時間
夜灯の色に
涙ぐんでいる

ああもう
何もするなと
冬の陽が
語っている
終ったのか私は

一つ二つ
花らしいものの
立っている
夜の野原が
わが死場所か

だれかが
自殺したあとのような
紙の混乱
何日ぶりか
はいった書斎は

ストーブの
やかんの音にも
おびえている
自分自身を
信じられぬ夜

貧しさの
きわまる夜の
太平記
武士の潔《いさぎよ》さに
心はりつく

なにもかもに
敗けた一日
運命が
なにかに勝てと
励ましてくれる日

不安を一つ
通りぬけた
真夜中
夜灯が
花のように美しい

「冷たい奴」
と
思っていた人に
またまた
えらく世話になる

自分で
自分を馬鹿にするな
友の
へりくだりに
激怒する

たいしたことなど
なにもできない
だから
たった一つの
心を磨けばよい

この悲しみこそ
自分のための
次の扉だ
そう気づいたとき
闇が終わる

人並みに
生きられないのが
悲しいか
人の花とは
悲しみなのに

自分は
人より
不幸でなくてはならぬ
と思えるくらい
強くありたい

美しいもの
花咲けよ
ここかしこ
私の
破産の上にも

失ったものは
なんでもない
たいしたものじゃない
ただの
生きた心

いろいろな
悲しみを
挿しているうちに
なんとにぎやかな
生きる花壇よ

苦しみなしの
豊かさが
あるものか
苦しみを超えた先が
豊かさだろう

三　詩業

崩れていく
事務所が
日向の
朽ち葉のように
からからに

妻よ
といいかけ
なんにもいえぬ
倒産必至の
前夜《イヴ》

生きられない
どうにも
こうにも
生きられない
生きていながら

啄木のように
友から
金を借り尽くし
啄木ほどになれるという
保証もないのだ

人の家まで
失わせた
詩業
こうでなくてはならん
と心では思いながら

倒産を
免れた
午後数刻の
なんてすばらしい
人間温泉

深刻に
考えることが
ほしいと思ったら
競売される
家の中だった

お金を軽蔑して
生きた私は
お金に
じっと
人格を見られてた

渾身の
百冊
書いて
まだ
無名

引っ越して
過去がなくなったような
清々しさ
新しい椅子を
組み立てる

さあ
新しい町だ
生活は創造
歌と同じだ
生活で歌おう

歌を書くということは
自分が人を
動かせるかもしれないという
稚気をさらすこと
恥を尽くすこと

自分の歌集を
読んでいる人が
いる
物陰から
頭を下げる

うたびとは
生活できない
しかし
生きていくことは
できる

すべては
芸術
戦うことすら
品格の
構成である

ほんとうに
よい言葉は
人から人へ伝わっていく
だが、私のうたは
歌集にしないと残らない

真の詩ができるまで
死ぬに死ねない
だから啄木は
三十一文字を
悲しき玩具と軽侮した

四　思い

思想は
龍
太く大きく強く
育ち続けて
時を天駆ける

謙虚の底の底
反省の極の極に
破り学び作る
龍のような
一線が生まれるのだ

人は
宇宙を映す
思いの鏡
澄み濁り
めぐって彩なす

思いの道が
好きだ
最高の
人々と
めぐり合う

人は
ほほえむために
生まれた
思いの道の
高みに

「深くもの思えば
解決する」
大西直子の
確信に
涙する

暴力を
やわらげる
思いがあるだろうか
思いの歴史の
歩みはつづく

思いで
歴史を変えるには
千年二千年
かかると
歴史は教える

青が
あんまり深くて
途方もない
思いの道にも
絶壁がある

わからない
それでも
行かなくてはならない
それでも世界の人々の思いと
綾なすため

頭が長いっていうのも
いいなあ
寿老人《じゅろうじん》
のんきな思いが
いっぱいつまっていそうで

湖を満たす
水が
美しいのだ
人にあっては
思いが

知らないことが
いっぱいあるのに
この落ち着きよう
池の亀と
私と

自分で
自分の心を
救う
これだけは
果たさなくてはならぬ

もし
王様だったら
したいことは何？
答に気をつけよう
気品が現れる

緑の
胡桃を
かばんに入れる
森の眸を
拾った気がして

思惟は
こうしてするもんだよ
梧桐《あおぎり》は
青と黄緑を
深めて立つ

部屋に
木の実
一つあれば
森との対話が
始まる

五花

嬉しいと一言いう
嬉しかったと
応えてくれる
それだけで
一日が花

渋い黄
だから
凍土に
映える
福寿草

ピラピラの
化物顔
パンジー美しく咲き揃って
語りかける
春だぜ〜

まず紅梅の
一輪から
からりころり
春風が
紡ぎ出される

緑の上を
流れる
タンポポの銀河
幼子の
素足が渡る

花は
一分咲きがいい
花ごとに
話しかけて
見ていく

青でもなく
赤でもなく
黄でもない
ユリノキの花の
浅緑の気高さ

桜並木の
通勤路
今日は
花びらの川を
踏み分けていく

半年は
吹雪いている島に
やっと咲く花の
小さな
半透明の花びら

いつも
断末魔の底で見る
桜花
今年は
妙に美しい

人とはぐれた
花の道に思う
人が
いてこその
花

問題のあることは
嬉しいことだ
障害なしに
咲く花が
あるものか

一重の
小さな薔薇のほうが
匂いは強い
丘を上る
漣のように咲く

花咲く
下を
歩むこと
それ自体が
花

隣の物干しから
書斎の窓を
覗きにきて
赤いつるばら
ぽっと咲く

トポーンとして
クリーム色
レブンアツモリソウの花
私を守ってくれた
弱さの強さを思う

池いっぱい
蓮がかかげる
薄紅の花
いつか私も
私の祭をしよう

綻びかけた
心の蕾を隠し
ああと仰ぐ
頭上の
花

枝の歪みが
ことさらいい
いっぱいに
花をつければ
力が生きる

赤い睡蓮
ポワンポワンと
水の上
人生の花も
こうだったな

君のなかに
花の壷があって
振り向くたび
微笑みとなって
こぼれる

どうしてだろう
一つの花
その小ささに
どんな大戦争も
及ばない

光が
カリッと
食器のふんいきある
君 秋の花を
見に行こうよ

ピンクの
覆いのなかに
幼子の唇を
隠しているような
まゆみの実

優しさに
優しさ重ね
君のいる日は
花の上の花
空の上の空

六　宇宙

宇宙は
ただ流転し
人は
海山を超え
生きようとする

憧れは
最初は宙に浮いている
いずれ
自分の重心と
すればよい

宇宙は
光と闇の
杉葉模様
一つの
柔らかな唇探す

こんなに
楽しい人間に
束の間も
生れてきた
宇宙の芸術だろう

宇宙は大きい
そして
この小さな生命《いのち》が
必然である
何をせよというのか

人間のなかで
宇宙より
大きくなれるのは
うぬぼれだけ
ときに恥ずかしい

傲慢も
宇宙に対して
いいかもしれない
暴れ馬の前の
赤子なのだ

心の荒馬を
乗りこなしてきた
いくつ
地平線を
飛び越えただろう

求めることが
真ならば
宇宙は
一すじの弦を
与えるであろう

無が
風船のようにふくらんで
爆発し
宇宙が生れた
私にも可能性はあろう

投げ捨てたものが
力になる
宇宙の空白が
味方に
なるようなもの

生涯に一つ
歌が架けられるか
滴を
宙に
止めるように

宇宙のなか
唯一の
穴
自己というものを持つ
すばらしさ

小さい器は
いつも
いっぱい
私からこぼれた
宇宙は大きい

宇宙は
ビッグクランチと
ビッグバンを
繰り返す
どうする天地人

人の持つ
頭の中の世界は
いかなる領土より
広い
宇宙さえスポンと入る

どこの宇宙からきた
花粉だろう
夏祭
うすくれないの
幼子たち

あの星は
何十億年前の光
帰らない旅が
私たちを
包んでいる

自分
対
宇宙
間に一本の
花

七生

私らも
いずれ
断層の間《あわい》に
溶け込み
子孫を支えるのだ

廃船を
砂が埋め
船首に
浜昼顔が
咲いている

水しぶきをあげて
ヤゴが
餌を捕らえた
一寸の虫の
残虐さも見る

古代魚の
鱗は
二億年色と
いいたい
泥緑色

カワセミは
青い川を
背に流し
水をみつめ
水に翔ぶ

光の格子で
遊ぶ雀
ときどき
朝寝の
私を覗く

指先から
指先を照らす
螢
三歳の子に
もらう

バッタの
羽風が
いくつか過ぎる
草の擲つ
草色の虹だ

大粒の雨だ
虫は葉裏にまわり
黒い瞳で
じっと夜を
みつめていよう

鳥……
お前がいなければ
イメージの世界の
黒は
寂しかった

白い波立つ
この海の底で
鮟鱇《あんこう》は
ぼよーんと
生きているのか

海底が
きろり
ウインク
平目の生き方も
楽しそう

嘴《くちばし》を突っ込み
身を掻く鶸《ひわ》の
モスグリーン
突風に
破れる

戦いが
花に
包まれているような
最高の
生を生きている

こんなに
深く
人を愛する時間が
与えられた
私の生は海となった

私の
愛した者たちが
みんな
そこへきているような
秋の夜風

家族のような
人たちだ
気づかなかった優しさが
去って行ったあとに
残る

今生きているこの時間は
どえらいもの
そして
私は生きている時間しか
知らないのだ

あれだけの
緑を生み出すもとが
土の中にある
私たちも
何か生み出そう

赤ちゃんが寝ながら
笑っている
はじめての
嬉しさを
思い出して

外人老夫婦が
もたれあって眠っている
私の
二倍もあるのに
かわいい

人間として
生まれて
自分を
見破らずに
生きるのは空しくないか

生は悪だ
そのことを
恥じらおう
死が
瞼を閉ざすまで

美しい心ではなく
美しい欲を持つことだ
人みなが
頷かざるを得ないほどの
欲を

一枚の落ち葉に
すべてが含まれて
いるように見える
私が老いても
そうか

命の系譜を
守る
そのほかに務めがあろうか
我々も小さき者として
守られてきた

生きてさえいれば
夢にも見れなかったほど
美しい
思いもする
それが生命というもの

老いても
美しくできるのは
言葉
木も老いるほど
花が美しい

優しさのほかは
ぜんぶ
忘れた
老いの姿に
憧れる

ただ
一本の木だとすれば
十分すぎる
生だったと
思うのだ

この世を
見るため
私は生れた
十分見たと
言えるか

自分が一つ
生が一つ
死が一つ
大事なものは
一つずつ

信じられないほど
美しい思いをした
それが私の人生
誰のそれとも
取り替えたくない

最高のものを
求める旅が
生きる
と
いうこと

死のことなど
忘れてしまえ
それが
生
というもの

この
痺れるような
生
終わりまでが
恋のように待たれる

八　川の音がかすかにする

お父さんがいるから
大丈夫
死んだ息子は
そういっていた
という

息子の発狂が
なんだと
闇に笑ったが
背筋は
ぐーらぐら

狂った息子の
医師に反抗する姿が
私そっくり
まるで
銅貨の裏表のよう

強制入院させるため
息子と
揉み合う
初めて教える
父の腕ぢから

息子を
精神病院へ
入れてきた
自分の裏側を
見捨てるように

狂った息子は
お地蔵さんのよう
よいものを
貰ったのだと
思え

息子が
狂ったことは
真実
自分の
一部のように思われる

街で見る狂人に
にっこり
笑いかけられるようになった
息子が
狂ってから

単純明白なことだ
息子は
自殺した
警察官が
巻尺で検死している

「三つとも深さ七センチ
心臓に達する刺傷」と
刑事も
敬意の
目をしてくれた

息子が
寂しげに
顔を伏せているのが
激しい死態《しにざま》の
向こうに見える

だめな奴だが
激越である
私そっくりの
息子の
自決死体

ずっと
この子から
目をそむけていた
それが
この子の自殺であろう

密葬の形で
死んでいる
息子が
私の影法師のように
思える

家族の
足手まといに
なるまいと
自殺したのであろう
息子のほとけ顔

息子は
死ぬ勇気で
私に打ち克ったよ
私は負けずに
生き抜く

息子が
狂ったのも
私の妄想の
ばらまいた
花のひとつか

別れた妻に
すべて任せた
子の葬儀
南無妙法蓮華経が
波うつばかり

死は
美しいものだという
息子の
暗黒界も
ふと認めたくなる

子どもが
死んでも
なんともないが
まともな
字が書けない

自殺した
息子の勇気を
賞めてやりたいのは
やはり
私だけか

泣くのは
甘えであろう
息子が死んで
何に
甘えようというのか

死ぬんなら
息子よ
殺す気で
教えたいことも
あったのだ

夜毎
息子に話しかけるように帰る
その最後の
言葉は
「馬鹿な奴だ」

その荷を
下ろしなさいと
いっても
それは無理
息子の死骸だ

窓枠に落ちた
子雀
ずっと鳴いてる
あの子の霊かと
思わぬでもない

精神病院に
入れたとき
息子は狂っていなかったのではないか
十年経って
夜中に飛び起きる

子どもが死んでも
いつもの虚《うつ》ろ
ただ
川の音が
かすかにする

死んだ息子の出た中学で
五行歌が
始まる
ひそかに
涙ぐむ

九寂

誰も寄ってこない
元旦
ひとり
手に
幻の火を囲む

悲しみは
自分自身のせいだが
それが
音楽になってさえいれば
いい

ぞっとするくらい
寂しくなると
やっと
うねりだす
人に会いたい心

人を攻めると
寒気がしてくる
だが
引いてよかったことも
ないのだ

こんなに
寂しいのは
私が私だからだ
これは
壊せない

なんという
すばらしい孤立だ
と
自分が思うなら
やむをえぬ

暗闇に
ただ一人
光っていた人もある
世と
同じでなくてもいい

憎しみは
その相手を
超えたとき
自分のためのものだったと
わかる

ほんとうの
喜びは
自分ひとりで
味わうもの
そういう寂しさはある

ただ
独りであろうとも
高くあれ
あの人たちも
そうであった

私が
私以上にならなければ
それが
将来のさびしさと
なるだろう

十　私の奥さん

四畳半で
ライターと秘書として
仕事をした
いい仲になるのは
あたりまえだよね

なぜだろう
とても悲しい
妻にもかくれて
一人で
泣きたい

病院にきた
妻を叱った
泣きながら帰った妻の
あわれさに
泣いている

人が
花になりうると
すれば
例証の一つは
私にとっての妻である

死ぬときは
妻に
手をとうていて
もらいたい
ひそかにそう思っている

寝起きのわるい
妻の機嫌を
とりながら
ぼくの気分は
ますますよくなる

妊娠した妻は
ふんわり
優しくなって
まるで
菩薩のよう

偶然
街で逢った
妻の
笑顔に
ほっとする

旅先の夜が
こんなに
優しい
用もないのに
妻に電話する

一週間ぶりの
妻の顔に
何も
していないと
弁解したくなる

こんなに話していても
五〇%は
自分だけの心だなあ
と
妻と話す

愛人だった頃のほうが
よかったと
妻がいう
あの頃の君は
捧げ物のようだった

百日紅は
火炙りの刑にも
涼しく笑む
少女
私の妻のようだ

ばらの花は
妻のよう
見ていると
微笑みが
こみあげてくる

トラブルの
結論としてくるのが
妻の優しさ
荒れた心も
優しくなる

思惟観音と
うちの奥さんを
思い比べる
思うのは
自由やん

君が私と
地の底を
はい回ったことが
明日に立ち向かう
誇りである

夫婦で
アルバムをめくる
妻は
いつでも優しい顔で
写っている

私の妻が
誰かの妻になっても
不倫して
奪い取っただろう
という確信がある

電話で
どんな奇声を出しても
笑ってくれる
妻こそは
ほんとの友達だろうな

日本はなんたって
空気の
優しさがいい
その空気のような
私の奥さん

ダンボールの隙間
布団で
洞窟を作って
妻と寝る
引越しはロマンだ

丘の上の家は
嬉しい
妻は階下に
私は
雲と添い寝する

妻が死んだら
とはいえるが
叙子《のぶ》が死んだらとは
いえない
妻以上なんだろう

「新古今和歌集」というと
妻が
「深刻な私？」と聞き返す
耳と口が
破瓜期の夫婦

駆け落ち同然だった
都会の
夜の細道
いつしか
老夫婦となっていた

十一　前川佐美雄先生

師の死を
知らせてくれる人もなく
新聞記事で
知るのも
わが性格《さが》のゆえ

誇りを
打ち砕かれて――
駐車場となった
旧前川佐美雄邸跡に
立つ

師の
寂しい告別式
透明な死顔
自分もこのように
死にたいと思う

師の世話には
なれない運勢だった
より大きな
道を
行くしかなかった

師は
私にしみついている
臭いのようなもの
似ているといわれると
嬉しい

佐美雄の文章を
ちょっと読んだだけで
歌がよくなる
先生とは
そういうもの

懐かしい人とは
自分を
認めてくれた人
認めることは
愛なのだ

前川佐美雄先生の
弟子たちは
ほんとうに先生思い
それが
うれしい

やれ！　やれ！
やりつくせ！
という声がする
前川佐美雄だ
どこまでも期待してくれる

十二　父よ母よ

父母の
くずれた形の
かげろうのなか
坐って
陽を浴びている

きょときょとと
歩きながら
いつもとちがう
自分を知る
父の死以来

私は
あの優れた父の
憧れだった
そのことが
いまも悲しい

息子のため
死ぬほど
苦労してきた
母の
被告のような姿

生きよという
叱声が聞える
母の陥没した
口の
ほらから

仲の良かった
父母を
同じ墓に入れる
ほんとの恋を
完成させるよう

海と山の見える
島の墓
父よ母よ
二人揃うと
私の魂のようだ

十三　恐竜のように歩め

間違いが
私を
作ってくれた
出来損ないの
凄みはあろう

顔を
手でおおえば
思い出す
自分の
最大の罪

泣く理由を
泣かない
理由にしてきた
みんな
そうだろ

もとは
無かった私だ
限界も
無いとして
生きようと思う

両手で
包めば
小さな頭
見果てぬ夢が
ここにある

えいは
全身が
翼
私の心の
理想の形だ

地獄へ
行くとしても
閻魔大王の
鼻に食いつく
膝のバネは残しておきたい

一日に
二瞬間くらい
くわーっと
生きる
あとは寝ている

電車を見ると
どれにも
乗りたくなる
心が
物語に飢えているのだ

雪嶺が
私を捕えにくるような
艱難
飛ぶんだ　飛べ
感動の力があるだろう

私の見た
風景の中には
かならず私がいた
責任者は
私だ

敗北の極に
すっくと立つ
こうでなければ
姿にならぬ
私だ

自分を見るのは
恐ろしい
だが
見れば
恐いものがなくなるのだ

自分が
いままで創ってきたものに
依存している
これでは
新しくなれない

自分が
自分を
支配しだしてから
ダメになったのではないか
私は

馬鹿にするな
馬鹿にするな
馬鹿にするな
といい続けて
終わる一生か

どこまでも
やりぬく性格は
遊びでも
変わらない
人の百倍も遊ぶ

私は
古今東西
ただ一匹
恐竜のように
歩め

十四年月

自分
というものが
面白すぎて
顔をあげると
五十歳だった

肉体が
美しいものであった
三十年
格闘のように
生きてきた

娘の婚約者失踪
息子の人身事故
差し押え
さあさあどう解く
五十三歳の問題集

朦朧と
出勤する
夢瞼に
ちらと気づく
五十七歳の誕生日

二十四時間
ぶっとおしで
働いて
今日は元気に
六十五歳のお誕生日

六十八で
世界に出た
遅い
しかし、それだけの成熟は
必要だったのだ

恵まれている
六十九にして
希望に胸膨らませる
少年である
世界が私を待っている

なんの
用もない
木片を
削っていたような
生命

七十になって
やっと
同窓会で
あわれと
思われなくなった

アメリカで
文章を書いて売ったる
英語で名文
七十代の
これが挑戦やがな

もう
バカに
なってもいいよ
と
七十三の頭にいう

生ゴミの捨て方　ふとんの干し方
新玉ねぎの柔らかさなど
毎日
妻に教わる
七十五歳からの家事

七十六の誕生日
死んだおふくろと話して
目覚めた
私よ
まだ産まれ足りないのか

五十年も生きて
グチいうな
と五十歳の日記にある
あの頃は
偉かった

七十六歳でも
徹夜仕事が
できる
体力と思考力
あと三十年は…無理か

七十六歳は
タイでは
九十六歳
みんなが
私を拝む

なんにも
面白いことなんかないのに
毎日が
面白い
ふしぎな七十代

古傷が
静かに
輝いているようにも
思える
年月の不思議さ

年取って
料理まで上手くなり
晩御飯が終ると
もう
明日の朝飯が待遠しい

吉田松陰のように
なりたかった
この頃
七福神のよう
といわれる

とんでもない
ことが
続いたおかげだ
今が
楽しい

最後は
したいようにしよう
でないと
何が真実か
わからなくなるじゃないか

十五　五行歌

人々の五行歌
読んでは
感極まり
ぼろぼろ泣いている
病み上がりの日

五行歌は
万葉によって
忘れられた
自由
古代の緑のような

自分で
自分を解決する
これが
五行歌という
新しい詩の精神

自分で
ものごとを
決められないで
歌は
書けぬ

五行歌は
人柄でよくなる
歌の世界では
初めてのことか
ふしぎだな

歌が
書けないん
じゃない
魂が
腐っているだけなんだ

人について
社会について
定義できるか
それが
うたびとの役目

五行歌が
遺影と同じように
示される葬儀
私は泣きながら
うれしい

五行歌は
人間が好きになる
ようになっている
だから
歌会が楽しい

きれいな歌は
好きだが
きれいごとを
いえる
私ではない

自分を
賢いと思うのは
歌を書いたとき
無が
有を生んだようで

歌は
自分の
小ささを
打破する
魂の響き

五行歌は
自分で積む
思いの階段
心遊ばせる
精神の塔を作る

なんとしても
よい五行歌を遺そう
万葉の人麻呂と家持が
同じことを
してくれてるじゃないか

外国人の心に
五行歌が
香り始めた
五年の歳月ののちの
スーパー愉悦

また一つ
またひとつ
五行歌会ができてくる
点が
面になる

自由であって
よく治まっている
社会
五行歌の会などは
それに近いか

五行歌を知ったときの
外国人たちの喜びは
私に返って
生まれてきてよかったという
喜びに変わる

歌を書くことは
心に花を
掲げて行くこと
涙を踏んでも
花ひとつ

歌集の編集をして
中邨《なかむら》さんが
好きになった
と水源純《みなもとじゅん》が泣く
いい日だった

五行歌を産んだ
私の
お腹の痛み
誰か
わかってくれる？

十六　古典

古代歌謡の調は
ユーカラから
きたのかもしれない
驚きと喜びが
頬を熱くさせる

照り輝く
緑の葉
身のまわりに
あり余るものを
古代人は称えた

人麿にしか
できない
言葉の演奏
雄々しく渋く
しかも輝く

古典は
真顔
世の悲しみを
引き受けて
いるからではないか

古代歌謡から
始めると
古典は
湯に入って湯を知るように
わかる

古典とは
古いだけのものではない
多くの
疑念に耐え
選び残されたものだ

日本で
最初に出た詩集は
漢詩集だった
忘れがちな
傷である

勉強は
古典との喧嘩だ
倒し倒され
最後に立つ者と
なれ

古典を読む
古典をライバルとする
古典と話す
こうして
時間を超える

テレビばかり見て
よい古典に
触れていないから
新宗教に
だまされる

それでもやはり
現在そのものとしての
創造が第一
古典論は
支えの土壌だ

象山《きさやま》の小ささから思えば
赤人も黒人も
人麿も虫麿も
なんて
可愛い名前だ

芭蕉は
体も考えも
動きつづけた
止めて考えると
間違えてしまう

私の立派な
考えの
九十八％は
芭蕉やゲーテが
言ってる

聖の言葉を
よく研究されたい
私の言葉など
聞かなくても
いいように

聖たちにないのは
謙遜の言葉だ
考え抜いて
譲ることを
捨てたのだろう

古典もまた
発掘を待っているのだ
読めば
古人の呼吸が
生き返ってくる

ほんとうに
よい言葉は
静かで
千年先の
人を動かす

聖たち
よくいてくれた
あなた方がいなければ
思いの断層を
知らなかった

十七　世界と抱擁

さあ
世界と抱擁だ
力いっぱい
抱きしめて
やるぞ

アレキサンドリア
煉瓦の家並に
涙こぼす
故郷・大連の
記憶のせいか

アラスカは
雪また雪の
山また山
死者の明るい
頰や鼻のように

タイの人は
なぜ日本人に
こんなに優しいのか
それが知りたくて
何度も来る

深い信頼！
アメリカ人たちとの間に
生まれた
ああ私は
戦争を終えたのだ

天から地へ
また
天へ
万里の長城
眉間を裂く

人間
どこへ行っても
ふるさとじゃないか
同じ風が
まわってるんだ

異郷の人の
優れた日本語
トンボの
緑の羽根のように
はためく

人種間憎悪で
破裂しそうな
世界
ひびだらけの
ガラス玉のよう

世界
それは
私にとってふるさと
その歴史の中で
育った

アメリカ人は
日本の
山村の人のよう
見知らぬ人にも
会釈して通る

イギリスは
原野と嵐の国
鉄仮面を
つけたような
男たち

ヨーロッパは
世界を征するまでに
何百年か
戦い合った
それが知恵となった

世界の人々に
敬意を持とう
どの国の人にも
私たちより
よいところがある

たった二百年ちょっと
アメリカのような
大国ができた
文明は
いつも高速

アメリカの町は
どこも美しい
プリンストンは
学術の匂いがして
美しい

ほら
黒人たちは
マンハッタンをも
ジャングルにしていく
太鼓の音が聞こえる

ジ・オークス
波の音が聞こえる
いつかきっと
弱りゆく脳が思い出すであろう
この音

アジアの土の色した
川
国々を
縫って流れる
血は流すなよ

イギリスへ
私の一歩が
世界の一歩となるくらいの
勢いで
行こうと思う

アユタヤは
十四世紀の遺跡
兼好法師の心で
巨石塔《チェディ》を
仰いでみる

シャニタ！
なんと美しい
真っ黒の皮膚
スリランカ！
東洋の黒真珠

どこの国の人も
抱かれて
育った
その腕のあることは
同じだ

二本差しの
緊張を迎えた
アメリカは
ただ桁はずれに
大きな原っぱ

ニューヨーク
金色の欲望と
その残骸が
肩寄せ合って
暮れていく

光と影の
座標軸
殺される比率の線上
ニューヨーカーは
足早に歩く

人々が
会釈し合う街
ニューヨーク
多人種の緊張の作り出す礼儀は
今の東洋社会を超えている

天地に
赤と黄の滝がかかり
うねりながら
秋を落ちていく
アメリカ大陸

オークスの夜は
うたを語って
更けゆく
こうして昔から
ずっと語り継いできた

アメリカの風土の
大きさ
自分とは何か
と
悩み始める

アメリカ人の
寛容に
日本人は及ばない
敗戦よりも
重大な敗北を感ずる

地下鉄に乗れたことで
握手もしかねない
喜び
異国の旅は
子供に返してくれる

アメリカの詩人たちの
率直さ
愛嬌　反省心
日本の五行歌人のようだ
異国で宝を拾う

ティムが
芭蕉の曾良のように
ついて歩きたいという
うれしくて
かわいくて

国際人になる
ということは
DNAを
他国人と絡ませることだ
覚悟はあるか

そんな
小さな字を書いては
ダメだ
巨漢のアメリカンに
教える

北京の車は
動物の群れ
怒った車が
道を
奪いとる

中国共産党の
無礼が
心を凍えさせる
二十世紀の
ガス臭がして

中国人刑場
壁に生々と
日本の弾痕
前髪のような
緑よ

精神のやりとりは
戦争も超えて
世代も超えて
いつしか
同じ国のようになって終わる

もとは兄弟なのに
馬鹿にし合う
アジア人の
最も
悪いところだ

カンナの花に
囲まれた
芝生に
タイの女性たちと
歌を書く喜び

チェンマイの建物は
どこを見ても
彫刻がある
彫刻は
時間

真面目さを
畏敬の念をもって
迎えてくれる
大きな国の
純粋な人々

チュラロンコーン大学の
優れた
女子学生たちの欠点は
賢すぎて
子どもを生みそうにないことだ

外国での
対人ストレスは
日本食で
カバーする
これが命の綱となる

私は世界国に
いつか帰化しようと思う
いや
世界国民として
今後を生きようと思う

さようなら
バンコク
火の中の
涼しさのような
交友があった

もの思わないという
タイの人よ
あなたがたの尊敬する
お釈迦さまは
もの思う人でしたよ

花と花が
傾き合うように
日本の乙女と
タイの乙女が
語らう優しさ

40℃の
アユタヤめぐり
かばんの中まで
蒸し釜の
よう

タイの
少女らと遺跡をめぐる
いや
明日をめぐる旅
と思う

タイ五行歌は
若い人の会から
始まる
指導者が
二十三歳だから

バンコク暮らしも
日常化して
淡々と
街の人々とも
仲良くなったよう

二つの国が
こんなに混ざり合って
不信がない
日タイは
国の融合のいい手本となりそう

バンコクは
美しい人ばかり
地方の貧しさに
その裏側を
知る

独裁なんて
飢えた
貧乏国だから
起こる
早く発展しよう

蝶のような
言葉の舞い
絡み合って
いくつも昇っていくような
タイ語の歌会

世界中に
家族のような人々が増え
どこへ行っても
遠い人を思うという
矛盾

シーザーより
もっとシーザーに
なりたい
思いが
世界を花園にするような

十八　明るい未来

赤子の
笑顔
大きな
破壊力が
あんなにやさしく

「みじゅいろとピンク！」
幼子が
叫ぶとおり
水色とピンクだけの
夕空だった

小二の男の子が
仕事を手伝って
私より働く
明るい未来が
人となって現れたよう

小学生の女の子が
スキップしていく
こののどかな平和をさえ
憎む者が
いるのか

にこにこと
太陽のように
笑む田かの子
私の目標のような
顔だ

学校が
五行歌を
認め始めている
これで子どもたちにも
五行歌が伝わる

中学生たちとの
やりとり
相思相愛のように
うれしくて
うれしくて

日本中の子どもたちが
こんなに
いい歌を書いたらどうしよう
もしそうなれば
日本はどんなによくなるだろう

子どもたちの歌を
読むのは
心の柔軟体操
あんまりうなだれて
首が抜けそう

子どもの歌を
見ていると
涙が止まらない
私自身
生れてきてよかったと思う

赤ちゃんが
私の真似をして
「いいねえ」という
「いいねえ」って
いいねえ

子供たち
いままでの日本人のように
ぼけるなよ
稲妻となって
闇を照らせ

アメリカの少年の
優しさ
Hi, Enta！ という声が
祖父の世代の
私をも癒してくれる

アメリカの子供たちの
能力に驚く
同時に何故
この子たちが
伸ばせられないのかにも

外国の子どもたちの
優しさ
黙って目を閉じハグする
人間の
優しさを教わっているかのようだ

子どもには
鬼さんも降参
とっておきの
ごほうび
未来をあげる

未来——
私の笑っている顔が
見える
どうなっても
そうするつもりだ

十九　若者

「二十一世紀が
待ち遠しい」
という
若者の言葉に
吾に返る

「人間てさだめ」と
若者の声が
聞こえる
深夜の
コンビニ裏口

鮮烈な問題を持ち
新しい思いを
つねに持とう
若者が
追いかけてくるだろう

最近の
若者への
最もよい
教育法は
親が死ぬことだ

幕末の志士たちの
写真
このチンピラたちに
誰も
及ばない

若者四人が
私を助けてくれている
響《とよ》む
若い血潮の
海鳴り

ああ、若者よ！
扉を開くのは
君たちだ
君たちの意志だけが
岩を推しのける

若い頃の
仕事は
みな恥
それが
次の火となる

やわらかで
優しい
こんな若者たちが
作っていく未来を
信ずる

体は造られる
これがスポーツの
考え
頭脳は作られる
これが学の考え

何かを
にらんでいる若者よ
よいものを
さらによいものを
にらんで行け

いい子育てされたから
いい人でもない
真人といえる人は
周囲に
負けなかった人だ

いじめを
受けることは
素晴らしいことなんだ
誰よりも
思い深い人になれる

若い方が
何かを見てくれればよい
そう思って
信念のままを
ぶつける

私が話をすると
大学の先生が驚く
学生が
心の声を上げて
どよめくからだ

人としての愛
半世紀離れた
イギリス青年との
共同作業で得たものに
震動する

品よく
正直な青年だ
きっと
世界は彼のための
よい資源となるだろう

がんばれ
若い女
生命の土壌は
君らの中にしか
ないのだ

異人種の
若者と心が通ずるとき
いままで知らない
穴が
心に開いたよう

アメリカにいる
日本人の若い母親は
くねくねしない
想像もつかない
苦労をしているのだろう

どの時代も
そうだったのか
結局しっかりしているのは
若い
新しい細胞だ

すべてを
知っているような
はじらい
若者の明日は
そこに畳まれている

二十　日本人

日本人とわかれば
眉間に
牙だつ
憎悪
アジアを行けば

フィクションに
踊らされて
死んだ人々の
高さに
靖国の桜咲く

天智天皇にも
中国は脅威だった
中国と日本の関係は
千五百年
変わらないともいえる

韓国の人々は
いい人であるという
そのいい人たちが嫌悪する
日本人は
どんな人たちか

日本人
それでも世界では
頭がいいほうだ
鼻を啜っている
場合ではない

日本の人よ
頼むから
まわりを見ずに
ほんとうのことを
言ってくれ

日本人て
クローズド・サイクルだよね
違う座標軸を
自分で
作れない

日本の日本人は
楽すぎて
だらけている
それも
人間らしいか

なにごとにつけ
日本は日本はという
日本人意識の
世界のクズたる
所以

砂漠の戦争は
終わり
「日本のようになりたい」
という
敗戦国の言葉

日本人は
集団として
すべてに優れているが
顔だけは
下品

外国人にならなければ
ほんとうの
日本人になれないのではないか
日本人そのままでは
恥ずかしい

小津の
日本の女は
畳にペッチャリ
はいつくばる
長い忍従の歴史

国というものは
右へ行っても
左へ行っても
影のように
私から離れない

日本人の
頭の中の
韓国と中国の地図が
黒焦げに
なってしまった

七回目の
五輪へいくという
葛西紀明は
討ち死にしに行く
侍の目

やっぱり
葛西はやった！
飛ぶたびいっしょに
息も止めて
サムライ気分

二十一　恋・男女

恋の
最高のときめきには
音がない
ただ
まなざしとまなざし

人と人として
こんなに
形を侵し合うまで
ひかれる
ものか

万物が
息を止めるほどの
静けさがある
小さなものへの
君の優しさ

これか
恋のいきつくところ
大枝垂桜
溜め息のように
揺れてる

君といると
心が
静かになる
月がそっと
かたわらにきたよう

日月に
目洗われて
今日まで
映ることのなかった
この花

体とまた
心さえ
親子より
深く知り合う
男と女なのだ

この女を通して
宇宙と
交わった気がした
愛などと
言わない

きれいな
女を見たい
じっと見たい
失礼になっても
いいから見たい

いい男は
いい女に育てられ
いい女は
いい男に育てられる
感謝の関係

二十二　咆哮

なぜか
咆えることもある
おとなしいのは
いつも
ではない

政治のことを
考えないと
いかに
平和なことか
政治家よ何故だ

政治が
腐敗しているときは
報道も
び爛している
反吐が出そう

政界よりも
新聞の堕落がひどい
確信も基準も
もたず
ただ非難する

よい新聞ほど
ひどいウソをつく
カスは
軍部にだけ
いるものではない

勝っていたら
全員
参拝だったろう
社《やしろ》の
恐さ

家の殻を
尻に
つけたままの
首相が
三人続いた

宗教は人を騙す悪
優しげにする
その裏を知れ
と思うのもまた
宗教か

国が
一致団結して
戦争したい奴を
抑え
込まなくては

大衆の時代と
いうな
一人一人の時代と
言え
意味は逆なのだ

日本の外交が
甘いなどと
いう前に
自分の分野での
世界基準を作ったらどうだ

軍人の
手柄は
人を殺して成り立つから
軍はかならず
戦争を起こす

軍人を
賛美するな
上官に撃てといわれたら
誰にでも引き金を引く
機械だ

国のため
あなたのため
大声でこういう奴は
裏切るものだと
知らされた

日本が
原爆を持ったら
どうしただろう
自国民さえ
玉砕させた国が

多喜二は
寒中丸裸にされ
二人の警官に
ぐしゃぐしゃになるまで
棒で殴られた

島国では
伝統が首枷
人みなが
保身のため
見張り役をしたがる

原爆を落としたのは
アメリカではない
当時の国家意識だ
なぜなら
日本も持っていたら落としていた

日本は
権威主義の社会
順序を固定したがる
壁の中の
平和を求めるからだ

人間が
立ち上がるのは
打ち棄てられてから
早く
子を棄てよ

日本人よ
日本人に厳しくなくて
世界を
導くことができるなんて
思うな

日本列島は
まだ創られている
大地が
そのままあると
思うな

年寄りは
みな認知症に
若者は
無差別殺人者に見える
ニッポン！

老人ホームに
文化はあるのか
楽することが
目標の場所なら
あるまい

ほんとうの話が
できるような国
それを
つくってから
ほんとの話をしよう

二十三　富士

富士が
なければ
イメージできなかったろう
美と巨大の
調和

宙にゆらぐ
一滴の青のなか
薄荷のように
富士
立つ

ありがとう
といいたくなる
富士
外国の詩人の前で
晴れ上がってくれて

真っ赤で
真っ青で
真っ白で
富士を
画ききりたい

富士山
この世に
描き得る
最も
美しい線

富士山が
夜泣きする
生れてまだ
一万年の
赤ちゃん火山だから

富士
あれは山じゃない
私の心
いや
その理想である

二万六千年で
桜島ができ
十万年で
富士山ができる
日本です

二十四　道

歌の道は
厳しい
何を捨てられるかで
人を
じっと見ている

行く道は
その人自身が
決める
それは
その人の判断なのだ

自分で
自分を認める道も
けっこうつらい
世間に通るまでに
たいていは死ぬ

先生も
弟子もない
遥かな
道が
あるだけ

千年に一人は
千年に一人
千年
草ぼうぼうでこそ
道だろう

万葉の頃に
歌の道を
突きつめた人がいた
自分自身であろうとする
人がいた

人麻呂が
向こうを
歩いていく
おおい　そっちは
不自由な道だぞぉ

自分が
自分になりきる
道だ
みなが
一代目である

家族以上の
心も
あるのじゃないか
道の友と
溶け合うとき

死んでも
死なない
お化けになっても
骨になっても
この道を行く

道は
一人で
作ってもよいが
人の通るのが
道

大胆に
どんどん表現しつづける
そのほかに
道
なし

人の心が
溶けるには
三秒あればよい
歌の道でも
恋の道でも

憎しみの
どろどろも
人の道の
名所の
一つ

私と同じようにやれとは
かわいそうだから
言えない
詩歌の道の
果てなさ

そこに
西行や芭蕉の
足跡のある
嵯峨の道
踏みしめてゆく

歌の道は
捨てる道
面白いくらい
楽になるが
これも才能か

信じないことによって
真に
信ずることを
みつけるのが
道

二十五　旅

島の旅は
いつも
怒りで終わる
虐げの
歴史が必ずある

神戸、広島と
旅して
石にも
祈る
心となる

なすべきこと
なすべきでないことを
知りたい人は
ここへくるとよい
広島原爆記念館

美しい
群島!
だが、身売り、踏み絵の涙が
地の底の
壺に溜まっている

炎で作られたような
秋の磐梯山
いじめられ続けた
会津の
魂のように

磐梯の美景
熱い珈琲
立ち飲みしながら
アアともハアともない
嘆声こぼす

田舎道は
燕がねころんで
遊んでいる
こんなことも
忘れていたのか

赤城
榛名
浅間
妙義
三百六十度晴天

明日から旅
静かに
胸に期すものは
三十年後の
小さな花

帰ることを
忘れたような旅
ふと
十六夜の月と
目が合う

風に
花の香がある
北の町
いっせいに
咲くのだ

白く輝く
天主堂
踏み絵三百年の
足指を思う
丘の上

羅臼の
残雪と緑の
切り絵から
鹿が
ひょっこり顔を出す

浜砂に
埋もれる
流木を撫でる
旅の長さを
敬いながら

海から
突き出た
利尻富士
夕方は大きな
影となって

四国の
のどかさに会うと
ま　どうでもええやんか
とつい
言ってしまいそうになる

腫れ物のように
盛り上がった
雲仙普賢岳
静かな有明海を
破る頂点

緑の島
崖の島
遠い青い島
天草は
島の首飾り

息が止まるほどの
出合いを求めながら
旅は
別れを
背負っていく

緑に白斑の
キリンのようだ
五月を
すっく
伸びする鳥海

右に鳥海
左に月山
最上は
夕陽に輝いて
日本海へ溶ける

石膏の
粉のような
士別の雪
一歩一歩が
彫琢の音

そこに止《とど》まっても
いい
最高のものは
ない
だから旅するのだ

空で
水が凍え
フラクタルを
つなぐ音を
静けさという

石膏を
削ったような
雪の峡
風に
花の香がある

対馬は
のんびりとした
光の中
国境線とは
こういう所だ

「しかし
人間ってのもいいなあ」
旅から帰って
思わず
つぶやく

生きる場所は
宇宙をめぐる
船の中
23度
傾《かし》いでいる

一番
退屈なのは
女との旅だが
願うのも
それ

列車は角館へ
近づく
マーガレットの花が
一列に
迎えてくれる

美人を見ようかなと
乗った
奥羽本線
ずっと
鳥海山に見惚れる

岩手山を過ぎて
列車は
田沢湖　角館へ
他人《ひと》の故郷なのに
泣けてくる

なんで
この旅に出てきたの
講演では
明確な目的
いうけれど

二十六　東日本大震災

山となった
海に
襲われるという
悪夢を
体験した人々

津波は
空にも流れ
今年の
桜はいつもより
透明に見える

死者一人見れば
この災害観は
変わる
と知りつつ
見まいとしているのではないか

死者が流れている
死者が流れていく
生者は
集い
手をつなぎ合う

うおし
千年
千年の時を知った
こんなに
叩きつけられるように

千年
万年
億年を知って
もっと大きな
破壊も知るだろう

今度こそは
津波の正体を
見た
今度はもっとよく
戦える

感謝と詫びの
言葉を表す
泥人形たち
海が越えて行った
街の底で

着る服がない
というより
泥を纏っている
災難とは
そういうもの

大地震で
知った
ビルも
キリンのように
キーキーと鳴く

震災で
動揺した？
そんなことでは困る
ゆるぎない者で
あれ

大災害に
呑み込まれた
荒地に
いま世界の人々が見る
ナデシコの花

人が集まれば
中にえらい奴もいる
津波に抉られた町に
歌会を
いくつも作るとは

凝視するのも悪いような
仮設住宅
腹巻の男が
への字口で
出てきた

生きるのに
ためらうような
災害は
そう
語っている

原子炉から出た
原子が
ふらついている町
細胞に喰いつく
オオカミなんだよ

原子の中まで
見張れるとは
自信過剰の
技術屋たちではないか

原発は
孫
ひ孫
ひひ孫の
話

二十七　友

白糸草の
説明文のなかに
私の名を
書いてくれている
友の花の本

こんなに
友を持って
笑っているのは
罪悪か
寂しい人もいるものを

「峠は越えられないんざんすよ」
その峠を越えて
甲斐の友の
葬儀から帰る

切れそうな
吊り橋を
渡るように
真の友との
長い物語はある

小学校からの
友が
港で手を振る
わあわあ
叫んでいるような笑顔

島の友との
話は
心を
人生全体ほどにも
伸ばしてくれる

志の友の
素晴らしさは
何かができることを
信じる
根拠のあることだ

友とは
ただごとではない
生きた奇蹟だ
友のいなくなった
空白を噛む

初めての人たちと
友だちになる
その一瞬の
まなざしと笑顔が
生命のしおり

いずれは
別れるのだから
いつもウィンクしているような
関係に
しておこうよ

キリストをやめて
えんたにしなさい
ついに
半世紀の友に
叫んでしまう

オブラートのように
私を包んで
帰っていった
三十年ぶりの
白髪の友

志の友と三十年ぶり
重要なことは話さなかった
だが
別れて数分して
涙が溢れてきた

楽しすぎる
友との語らい
ふと目をつむる
これが
人生の目的

親友の
九十歳の母堂に
手紙書く
感謝の涙は
自分に温かい

失う
ばかりではない
魂を分ける
人影が
ぽつりぽつり

心臓が
わっと
両手を広げる
ほんとうの友と
突然会ったとき

人との壁を
破るものは
愛であろう
恥ずかしいほどの好意が
人と人をつなぐ

一番底の心を
たがいに
通わせ
何げなく
別れていく

友の子も
自殺したという
若い頃より
なお優しくなった
友の声だ

この心優しい友には
そういう思い
させたくなかった
と
亡くした子の話聞く

二十八　人を抱く青

海山よ
私が会うために在ったのか
君らが私を
生んだのか
美しい青と緑

何か
よいことをしたか
していない
それでもいいいと
海山は言う

青い地球を
生んだ
昔の
神様を
尊敬する

私は
空《そら》をつくりたい
みながその美しさを
むさぼりたいと思うような
空をつくりたい

ふんわりした
青い玉のなかに
いるような
美しさ
求める心は

幼い日に
仰いだ
青空のようなもの
突きつめて知る
心のなかは

人間だって
山を
作っているんだ
心を
噴き上げているうちは

空の青には
なんにもないが
心の飢えを
いやすものは
それしかない

最初の海の
波動も伝え
波がくる
波がくる
おまえも生きよと

らんらんらん
バスに
乗って
湖への旅
夢のなかのよう

雲は
浮遊する
湖
ひっくりかえって
地上を緑の海とする

海に
ま向う岩は
みないい表情をしている
ああ
叩かれていることだ

波音と
風音だけの
小さな島
悠久と現在が
同じ時としてある

果てしない
海
この星の表面を
ため息のように
うねる

砕けては
引き
こみあげる
私も波の
一端かもしれぬ

単純な
願いでも
生涯かけて
みがけば
空と重なる

いろいろな
生物が
共和しているのだ
この星が
天国なのかもしれない

天上の湖
水は空の高さ
ふちどりに
翡翠の山々を
めぐらせて

青に彫刻された
藍の湖
こんな深い瞳を
火の山がどうして
作ったのだろう

ああ
富士！
いつも
姿勢ということを
思い出させる

青
月
富士
一つの円卓で
面談している

最初に生まれた者として
空にも
海にも
恋にも
ふるえて行こう

空
山
湖
海
人を抱く
青

あとがきにかえて

編者　遊　子

事の始まりは、二〇一四年五行歌全国大会in小諸からでした。小諸で全国大会を行った記念に草壁焰太五行歌の会主宰（以下焰太先生）に色紙を書いていただこうということになりました。

ところが「好きな歌と言われても…」と、戸惑う会員が多かったので、私が焰太先生の五行歌集『心の果て』『川の音がかすかにする』『海山』と雑誌『五行歌』から六十首を選んでプリントしたサンプル集を会員に配りました。

これが功を奏したのか、一人で五首も四首も希望する方がたくさんでました。

「草壁焰太五行歌選歌集」の編者にとのお電話を焰太先生からいただいたのは、先生に色紙の注文と一緒にサンプル集をお送りした直後でした。

焰太先生の歌が好きで好きでたまらない私は、自分の無力も省みず「やらせてください」と即答してしまいました。焔太先生のこれまでの全作品を読むことができるのはこの機会しかないと思ったことも引き金になりました。

選の作業を始めたのは二〇一四年十一月からです。その頃、焔太先生にご挨拶に本部に伺ったとき、私が持っていなかった焔太先生の第一五行歌集『穴のあいた麦わら帽子』と雑誌『五行歌』一九九四年五月号から二〇〇〇年五月号に載った先生の作品全首と五行歌日誌をコピーしたものを先生から頂きました。

ズッシリとした重さが、これからを暗示しているように思えました。

しっかりした選をするために、作業は毎日二時間と決めました。「いいなぁ」と思った歌を縦横七・五cm四方の付箋に（声を出して読みながら）書き写し、それを100円ショップで買ったスケッチブックの裏表両面に貼り付けていきました。

歌を書き写すことは時間と手間がかかりますが、焔太先生の命をかけた五行の思いを心に刻み込むためには、避けて通れない作業でした。

一回目の選を終えたのは衆議院選挙が行われた十二月十四日。膨大な歌から選んだのは二七三九首。付箋を貼ったスケッチブックは九冊になっていました。
この日までの一ヶ月半、焔太先生の歌と毎日向き合っていた私が確信したことは、一首は一票よりずっとずっと重いということでした。先生の歌を二首。

国のため
あなたのため
大声でこういう奴は
裏切るものだと
知らされた

人について
社会について
定義できるか
それが
うたびとの役目

膨大な歌の中から二七三九首を選ぶことだけでも大変だったのに、今度はそこから二百首だけを選ぶ作業。ハァとため息をついたその時、焔太先生から「四百首にしましょう」と嬉しい電話をいただきました。でも嬉しかったのはその時だけでした。

歌の選をする

人の首を
切り続けるほどの
振動を
背骨に感ずる

焔太先生のこの歌が私を慎重にさせ、これまでの二時間の選歌作業時間を三、四時間、時には五時間と変えていきました。

それでも四百首に絞り込むことは、頭が変になってしまうような大変な作業でした。それは焔太先生の歌は、全部が完成された芸術作品であることの証明でもあったのです。

最終的に私にはどうすることもできなくなり、六項目一五二首を断腸の思いで削除したものを焔太先生に提出しました。

他の項目の歌を削って削除した六項目の歌を入れることも考えましたが、それは出来ない事でした。私が選んだ項目のどれにも「ものがたり」があり、そこから一首でも削除することは、出演者の一人を「切る」に等しいと考えたからです。

疲れ切って泣きっ面でいるところに焔太先生からまたまた嬉しいメールが届きました。

「念のため削除した歌も送ってください」

すぐさま削除歌を送りました。「頑張っておいで！」と愛しいわが子を送り出す母親になった気分でした。

焔太先生から三度目の嬉しいメールが来ました。

「削除歌も取り上げましょう」

メールの文字が涙で霞んでいきました。

私が五行歌と出会ってから、今年で十五年になります。焔太先生の言葉をお借りしますと「その十五年は人が人として哲学的に生きる最初の十五年にあたる。（中略）いちばんの結実期にあたる」そうです。

その結実のはじめに、焔太先生の選歌集の編者という名誉あるお仕事をさせていただいたことに、心から感謝いたします。

思った以上に大変な仕事でしたが、結実期の私が「大きく変わる」ための大切な仕事だったことは間違いありません。ほんとうにありがとうございました。

この選歌集に収められた歌は、焔太先生の膨大な作品のうちのほんの一握りでしかありません。このあとも第二、第三、第四の『草壁焔太五行歌選集』が刊行され、焔太先生の五行歌がたくさんの人々に愛されることを願ってやみません。

最後に選歌の途中で見つけた「幸せの原点」ともいえる焔太先生の歌をご紹介させていただきます。

一番
よいものは
上等なものではない
家庭的な
ものだ

二〇一五年一月

書作品一覧

どんな
ステンドグラスを
とおりぬけてきたのか
君の
薔薇色の頬
p11

たいしたことなど
なにもできない
だから
たった一つの
心を磨けばよい
p17

失ったものは
なんでもない
たいしたものじゃない
ただの
生きた心
p19

人の家まで
失わせた
詩業
こうでなくてはならん
と心では思いながら
p23

人は
ほおえむために
生れた
思いの道の
高みに
p29

部屋に
木の実
一つあれば
森との対話が
始まる
p33

緑の上を
流れる
タンポポの銀河
幼子の
素足が渡る
p37

綻びかけた
心の蕾を隠し
ああと仰ぐ
頭上の
花
p41

光が
カリッと
食器のふちにもある
君　秋の花を
見に行こうよ
p43

宇宙は大きい
そして
この小さな生命《いのち》が
必然である
何をせよというのか
p47

あの星は
何十億年前の光
帰らない旅が
私たちを
包んでいる
p51

カワセミは
青い川を
背に流し
水をみつめ
水に翔ぶ
p55

鳥
お前がいなければ
イメージの世界の
黒は
寂しかった
p57

死のことなど
忘れてしまえ
それが
生
というもの
p64

息子を
精神病院へ
入れてきた
自分の裏側を
見捨てるように
p69

屈葬の形で
死んでいる
息子が
私の影法師のように
思える
p72

死ぬんなら
息子よ
殺す気で
教えたいことも
あったのだ
p75

子どもが死んでも
いつもの虚《うつ》ろ
ただ
川の音が
かすかにする
p77

こんなに
寂しいのは
私が私だからだ
これは
壊せない
p81

ただ
独りであろうとも
高くあれ
あの人たちも
そうであった
p83

死ぬときは
妻に
手をとっていて
もらいたい
ひそかにそう思っている
p87

ばらの花は
妻のよう
見ていると
微笑みが
こみあげてくる
p90

師は
私にしみついている
臭いのようなもの
似ているといわれると
嬉しい
p97

海と山の見える
島の墓
父よ母よ
二人揃うと
私の魂のようだ
p102

両手で
包めば
小さな頭
見果てぬ夢が
ここにある
p105

私は
古今東西
ただ一匹
恐竜のように
歩め
p109

七十になって
やっと
同窓会で
あわれと
思われなくなった
p114

古傷が
静かに
輝いているようにも
思える
年月の不思議さ
p117

五行歌は
人柄でよくなる
歌の世界では
初めてのことか
ふしぎだな
p121

きれいな歌は
好きだが
きれいごとを
いえる
私ではない
p123

歌を書くことは
心に花を
掲げて行くこと
茨を踏んでも
花ひとつ
p126

古代歌謡から
始めると
古典は
湯に入って湯を知るように
わかる
p131

ほんとうに
よい言葉は
静かで
千年先の
人を動かす
p135

深い信頼！
アメリカ人たちとの間に
生れた
ああ私は
戦争を終えたのだ
p139

ジ・オークス
波の音が聞こえる
いつかきっと
弱りゆく胸が思い出すであろう
この音
p143

どこの国の人も
抱かれて
育った
その腕のあることは
同じだ
p145

そんな
小さな字を書いては
ダメだ
巨漢のアメリカンに
教える
p149

もの思わないという
タイの人よ
あなたがたの尊敬する
お釈迦さまは
もの思う人でしたよ
p153

蝶のような
言葉の舞い
絡み合って
いくつも昇っていくような
タイ語の歌会
p156

にこにこと
太陽のように
笑む男の子
私の目標のような
顔だ
p161

子どもの歌を
見ていると
涙が止まらない
私自身
生れてきてよかったと思う
p163

「二十一世紀が
待ち遠しい」
という
若者の言葉に
吾に返る
p168

がんばれ
若い女
生命の土壌は
君らの中にしか
ないのだ
p173

日本人
それでも世界では
頭がいいほうだ
鼻を啜っている
場合ではない
p177

砂漠の戦争は
終わり
「日本のようになりたい」
という
敗戦国の言葉
p179

君といると
心が
静かになる
月がそっと
かたわらにきたよう
p185

国が
一致団結して
戦争したい奴を
抑え
込まなくては
p192

原爆を落としたのは
アメリカではない
当時の国家意識だ
なぜなら
日本も持っていたら落としていた
p195

富士山
この世に
描き得る
最も
美しい線
p201

千年に一人は
千年に一人
千年
草ぼうぼうでこそ
道だろう
p205

死んでも
死なない
お化けになっても
骨になっても
この道を行く
p207

私と同じようにやれとは
かわいそうだから
言えない
詩歌の道の
果てなさ
p209

羅臼の
残雪と緑の
切り絵から
鹿が
ひょっこり顔を出す
p215

緑の島
崖の島
遠い青い島
天草は
島の首飾り
p217

美人を見ようかなと
乗った
奥羽本線
ずっと
鳥海山に見惚れる
p221

うおー
千年
千年の時を知った
こんなに
叩きつけられるように
p225

大地震で
知った
ビルも
キリンのように
キーキーと鳴く
p227

生きるのに
ためらうな
災害は
そう
語っている
p229

小学校からの
友が
港で手を振る
わあわあ
叫んでいるような笑顔
p233

最初の海の
波動も伝え
波がくる
波がくる
おまえも生きよと
p242

果てしない
海
この星の表面を
ため息のように
うねる
p244

空
山
湖
海
人を抱く青
p247

白く輝く：2004・12・374
羅臼の：2006・9・42
浜砂に：2005・9・34
海から：2006・7・385
四国の：2006・12・360
腫れ物のように：2006・12・365
緑の島：2004・12・373
息が止まるほどの：2013・8・387
緑に白斑の：2001・7・100
右に鳥海：2001・7・100
石膏の：海山p398
そこに止まっても：2011・9・54
空で：海山p315
石膏を：海山p411
対馬は：海山p428
「しかし：1995・2・2
生きる場所は：2014・6・391
一番：心の果てp197
列車は角館へ：2012・7・363
美人を見ようかなと：2012・7・364
岩手山を過ぎて：2012・7・363
なんで：2012・8・375

二十六　東日本大震災

山となった：2012・11・357
津波は：2011・5・52
死者一人見れば：2011・5・46
死者が流れている：2011・5・345
うおー：2011・7・58
千年：2011・7・58
今度こそは：2011・4・54
感謝と詫びの：2011・10・64
着る服がない：2011・10・64
大地震で：2011・4・367
震災で：2011・5・348
大災害に：2011・8・366
人が集まれば：2013・3・386
凝視するのも悪いような：2012・6・367
生きるのに：2011・10・64
原子炉から出た：2012・6・366
原子の中まで：2012・11・58
原発は：2012・7・56

二十七　友

白糸草の：海山p17
こんなに：1995・12・80
「峠は越えられないん：2011・5・52
切れそうな：海山p143
小学校からの：2012・1・60
島の友との：2011・12・379
志の友の：1997・7・149
友とは：2006・11・364
初めての人たちと：2008・7・405
いずれは：2014・1・58
キリストをやめて：2007・12・409
オブラートのように：川の音p134
志の友と三十年ぶり：1997・7・148
楽しすぎる：1996・11・130
親友の：1996・12・129
失う：川の音p93
心臓が：川の音p133
人との壁を：2006・9・366
一番底の心を：川の音p92
友の子も：2000・4・98
この心優しい友には：2000・4・98

二十八　人を抱く青

海山よ：海山p12
何か：海山p32
青い地球を：2008・9・68
私は：2011・8・39
ふんわりした：心の果てp86
幼い日に：心の果てp38
人間だって：1997・9・24
空の青には：2000・6・226
最初の海の：1999・11・78
らんらんらん：2014・8・64
雲は：海山p254
海に：2000・3・10
波音と：1999・8・9
果てしない：1999・1・30
砕けては：2001・2・104
単純な：2012・5・55
いろいろな：1999・1・30
天上の湖：2014・8・64
青に彫刻された：2006・8・370
ああ：川の音p148
青：2012・12・58
最初に生まれた者として：2014・8・382
空：2014・8・59

日本人て：2007・12・410
日本の日本人は：2013・4・367
なにごとにつけ：2007・4・375
砂漠の戦争は：心の果てp106、2003年
日本人は：2010・10・365
外国人にならなければ：2011・8・363
小津の：2013・8・390
国というものは：2014・7・401
日本人の：2014・1・381
七回目の：2013・8・56
やっぱり：2014・3・397

二十一　恋・男女

恋の：海山p130
人と人として：海山p340
万物が：2003・7・172
これか：海山p170
君といると：海山p95
日月に：川の音p105、1994年
体とまた：海山p387
この女を通して：2000・7・18
きれいな：心の果てp195
いい男は：2003・8・148

二十二　咆哮

なぜか：2014・7・398
政治のことを：2014・7・410
政治が：2010・2・375
政界よりも：2010・7・361
よい新聞ほど：2014・10・364
勝っていたら：2001・9・239
家の殻を：2008・12・412
宗教は人を騙す悪：2014・9・376
国が：2014・12・375
大衆の時代と：2001・5・250
日本の外交が：2004・3・360
軍人の：2010・7・62
軍人を：2011・12・53
国のため：2008・3・394
日本が：2004・9・156
多喜二は：2013・12・401
島国では：2008・11・420
原爆を落としたのは：Gogyohka p6
日本は：2009・4・406
人間が：2008・10・404
日本人よ：2009・2・382
日本列島は：2014・11・424
年寄りは：2014・6・391
老人ホームに：2008・3・389
ほんとうの話が：1997・10・159

二十三　富士

富士が：1996・2・92
宙にゆらぐ：海山p299、1998年頃
ありがとう：2012・12・370
真っ赤で：2013・8・56
富士山：2012・12・53
富士山が：2013・4・373
富士：2014・2・64
二万六千年で：2014・4・380

二十四　道

歌の道は：2005・2・152
行く道は：2005・2・337
自分で：2005・7・374
先生も：海山p199
千年に一人は：2005・5・370
万葉の頃に：2007・2・372
人麻呂が：2013・11・367
自分が：2014・12・376
家族以上の：2012・11・366
死んでも：1996・7・152
道は：海山p211
大胆に：2013・10・380
人の心が：2003・12・360
憎しみの：2000・5・104
私と同じようにやれとは：2012・2・384
そこらに：川の音p87
歌の道は：2005・2・336
信じないことによって：2000・9・100

二十五　旅

島の旅は：2004・12・180
神戸、広島と：1998・7・150
なすべきこと：1998・7・150
美しい：2004・12・180
炎で作られたような：2004・12・363
磐梯の美景：2004・12・363
田舎道は：麦p85
赤城：2004・1・25
明日から旅：2005・10・31
帰ることを：1996・11・130
風に：1997・6・122

イギリスへ：2010・9・374
アユタヤは：2013・3・393
シャニタ！：2007・12・415
どこの国の人も：海山p419、2004年頃
二本差しの：心の果てp173 、1992年
ニューヨーク：心の果てp174、1992年
光と影の：心の果てp173、1992年
人々が：2007・1・135
天地に：2007・12・411
オークスの夜は：2007・8・410
アメリカの風土の：2007・8・50
アメリカ人の：2007・9・375
地下鉄に乗れたことで：2007・8・404
アメリカの詩人たちの：2007・8・403
ティムが：2010・6・409
国際人になる：2010・10・367
そんな：2010・6・397
北京の車は：1998・12・202
中国共産党の：2008・4・394
中国人刑場：1996・1・7
精神のやりとりは：2013・3・64
もとは兄弟なのに：1998・12・98
カンナの花に：2014・10・351
チェンマイの建物は：2008・10・133
真面目さを：2007・10・376
チュラロンコーン大学の：2008・10・133
外国での：2007・7・408
私は世界国に：2007・1・135
さようなら：2012・10・351
もの思わないという：2007・10・371
花と花が：2012・12・368
40℃の：2013・3・64
タイの：2013・3・56
タイ五行歌は：2013・7・388
バンコク暮らしも：2013・8・397
二つの国が：2013・9・388
バンコクは：2013・9・386
独裁なんて：2013・9・377
蝶のような：2013・9・367
世界中に：2012・9・390
シーザーより：2006・11・366

十八　明るい未来

赤子の：2013・6・66
「みじゅいろとピンク！」：2006・10・48
小二の男の子が：2012・2・381
小学生の女の子が：2006・4・40
にこにこと：1995・4・69
学校が：2014・10・366
中学生たちとの：2012・5・358
日本中の子どもたちが：2012・5・364
子どもたちの歌を：2012・6・363
子どもの歌を：2013・3・385
赤ちゃんが：2004・8・33
子供たち：1998・9・159
アメリカの少年の：2007・10・58
アメリカの子供たちの：2010・6・394
外国の子どもたちの：2007・11・393
子どもには：2000・7・237
未来――：2013・12・59

十九　若者

「二十一世紀が：川の音p100
「人間てさだめ」と：2003・9・347
鮮烈な問題を持ち：2006・4・359
最近の：1996・3・6
幕末の志士たちの：1996・7・151
若者四人が：1996・1・116
ああ、若者よ！：1996・3・136
若い頃の：1996・12・133
やわらかで：1997・11・146
体は造られる：2005・6・370
何かを：1998・1・145
いい子育てされたから：2007・6・50
いじめを：1996・1・8
若い方が：2012・5・361
私が話をすると：2014・9・385
人としての愛：2006・11・364
品よく：2006・12・360
がんばれ：1999・12・206
異人種の：2013・9・68
アメリカにいる：2007・11・394
どの時代も：1997・12・178
すべてを：2013・9・376

二十　日本人

日本人とわかれば：1996・1・7
フィクションに：2000・7・18
天智天皇にも：2012・3・369
韓国の人々は：2013・6・387
日本人：2014・3・398
日本の人よ：2007・4・382

どこまでも：2013・11・366
私は：2010・9・366

十四　年月

自分：心の果てp94
肉体が：心の果てp121
娘の婚約者失踪：心の果てp22、1992年頃
朦朧と：1995・4・68
二十四時間：2003・4・297
六十八で：2007・1・135
恵まれている：2007・4・381
なんの：心の果てp149
七十になって：2009・1・427
アメリカで：2009・4・52
もう：2011・6・397
生ゴミの捨て方　ふとんの干し方：2013・5・381
七十六の誕生日：2014・4・382
五十年も生きて：2012・2・64
七十六歳でも：2014・6・386
七十六歳は：2014・9・389
なんにも：2012・4・64
古傷が：心の果てp14、1988年頃
年取って：2014・11・432
吉田松陰のように：2014・2・387
とんでもない：1999・12・96
最後は：2014・2・381

十五　五行歌

人々の五行歌：1996・5・172
五行歌は：2010・1・60
自分で：2008・2・385
自分で：2009・4・52
五行歌は：2009・9・118
歌が：2003・2・132
人について：2007・11・397
五行歌が：2000・4・218
五行歌は：2014・8・386
きれいな歌は：2012・4・64
自分を：2012・1・364
歌は：海山p208
五行歌は：2000・3・229
なんとしても：2014・2・381
外国人の心に：2012・11・367
また一つ：1999・3・227
自由であって：2014・6・375
五行歌を知ったときの：2008・11・422
歌を書くことは：2007・10・374
歌集の編集をして：2013・2・383
五行歌を産んだ：2012・8・361

十六　古典

古代歌謡の調は：2001・12・273
照り輝く：2005・6・38
人麿にしか：1996・2・94
古典は：2004・1・347
古代歌謡から：2000・2・207
古典とは：1995・5・8
日本で：1998・11・183
勉強は：2004・9・335
古典を読む：2009・8・391
テレビばかり見て：1995・5・8
それでもやはり：1998・10・172
象山の小ささから思えば：1997・12・180
芭蕉は：1996・2・93
私の立派な：2005・12・378
聖の言葉を：2009・9・383
聖たちにないのは：2007・11・123
古典もまた：1997・6・124
ほんとうに：海山p56、2002年
聖たち：2009・6・431

十七　世界と抱擁

さあ：2009・1・54
アレキサンドリア：心の果てp176、1992年
アラスカは：心の果てp177
タイの人は：2014・9・62
深い信頼！：2009・1・58
天から地へ：1998・12・202
人間：1997・11・139
異郷の人の：1996・3・133
人種間憎悪で：心の果てp107、1992年
世界：2008・12・70
アメリカ人は：心の果てp177、1992年
イギリスは：2010・10・360
ヨーロッパは：2010・10・372
世界の人々に：2007・10・58
たった二百年ちょっと：2009・1・423
アメリカの町は：2007・7・402
ほら：心の果てp175、1992年
ジ・オークス：2007・7・66
アジアの土の色した：2014・9・62

息子は：2000・7・19
息子が：川の音p38、1994年
別れた妻に：川の音p30、1994年
死は：川の音p36、1994年
子どもが：川の音p26、1994年
自殺した：川の音p23、1994年
泣くのは：川の音p28、1994年
死ぬんなら：川の音p35、1994年
夜毎：川の音p40、1994年
その荷を：心の果てp154
窓枠に落ちた：2005・9・38
精神病院に：1999・3・106
子どもが死んでも：川の音p41、1994年
死んだ息子の出た中学で：2013・5・380

九　寂

誰も寄ってこない：1995・2・2
悲しみは：1995・6・56
ぞっとするくらい：1995・4・60
人を攻めると：2006・7・44
こんなに：心の果てp11、1986年
なんという：心の果てp102
暗闇に：心の果てp117、1993年
憎しみは：2011・5・344
ほんとうの：2014・11・423
ただ：海山p47
私が：2014・3・68

十　私の奥さん

四畳半で：2012・3・371
なぜだろう：麦p119、1978年頃
病院にきた：麦p124、1978年頃
人が：2000・7・18
死ぬときは：麦p125、1978年頃
寝起きのわるい：麦p113、1980年頃
妊娠した妻は:心の果てp190、1976年頃
偶然：1995・1・30
旅先の夜が：1997・6・7
一週間ぶりの：2002・9・297
こんなに話していても：海山p149
愛人だった頃のほうが：海山p150
百日紅は：海山p152
ばらの花は：麦p139、1980年頃
トラブルの：心の果てp25、1992年頃
思惟観音と：2007・3・376
君が私と：1998・2・16
夫婦で：2003・3・138
私の妻が：1998・4・32
電話で：2010・2・373
日本はなんたって：2007・8・50
ダンボールの隙間：2004・3・363
丘の上の家は：2004・3・371
妻が死んだら：海山154
「新古今和歌集」というと：2009・10・60
駆け落ち同然だった：海山p157

十一　前川佐美雄先生

師の死を：心の果てp124、1990年
誇りを：心の果てp126、1990年
師の：心の果てp126、1990年
師の世話には：1997・11・145
師は：2006・9・363
佐美雄の文章を：2013・5・384
懐かしい人とは：海山p62
前川佐美雄先生の：2014・6・390
やれ！　やれ！：2007・4・378

十二　父よ母よ

父母の：麦p134、1980年頃
きょときょとと：麦p80、1971年
私は：2013・11・48
息子のため：心の果てp161
生きよという：1995・5・6
仲の良かった：1995・6・55
海と山の見える：1995・6・55

十三　恐竜のように歩め

間違いが：海山p366
顔を：海山p367
泣く理由を：海山p373
もとは：2000・5・7
両手で：海山p378
えいは：2000・3・30
地獄へ：海山p382
一日に：海山p390
電車を見ると：海山p371
雪嶺が：海山p450
私の見た：1998・1・16
敗北の極に：1994・9・8
自分を見るのは：1995・8・11
自分が：2013・11・368
自分が：2014・4・68
馬鹿にするな：2009・8・48

いつも：1994・5・36
人とはぐれた：海山p328、1999年頃
問題のあることは：1998・2・153
一重の：海山p242、2004年
花咲く：海山p322、2004年
隣の物干しから：2005・9・38
トポーンとして：2006・7・385
池いっぱい：海山p239、2004年
綻びかけた：2004・4・28
枝の歪みが：1995・7・81
赤い睡蓮：2005・7・38
君のなかに：海山p323、1996年頃
どうしてだろう：海山p443、2004年
光が：海山p346、2003年頃
ピンクの：2012・1・355
優しさに：心の果てp166、1988年頃

六　宇宙

宇宙は：海山p18、2004年
憧れは：海山p54、2004年
宇宙は：海山p103、2004年
こんなに：2000・6・227
宇宙は大きい：海山p82、2004年
人間のなかで：心の果てp113、2003年頃
傲慢も：海山p91、2004年
心の荒馬を：海山p92、2004年
求めることが：海山p98、2004年
無が：2014・4・384
投げ捨てたものが：2005・11・381
生涯に一つ：海山p190、2004年
宇宙のなか：1995・1・55
小さい器は：2011・11・382
宇宙は：2008・3・55
人の持つ：2013・6・378
どこの宇宙からきた：海山p248、2000年頃
あの星は：海山p102、2004
自分：海山p100、2004

七　生

私らも：2002・2・250
廃船を：2003・7・172
水しぶきをあげて：2004・7・158
古代魚の：2005・6・31
カワセミは：海山p108、1996年
光の格子で：海山p115、2000年頃
指先から：海山p234、2002年頃
バッタの：海山p249、2004年
大粒の雨だ：海山p263、2004年頃
鳥：2011・9・346
白い波立つ：海山p280、1998頃
海底が：海山p364、1998年頃
嘴を突っ込み：海山p110、2000年頃
戦いが：2004・11・42
こんなに：2005・12・46
私の：心の果てp132
家族のような：2007・5・50
今生きているこの時間は：2012・4・385
あれだけの：2006・4・360
赤ちゃんが寝ながら：2013・6・66
外人老夫婦が：2013・6・385
人間として：2003・11・352
生は悪だ：1996・3・8
美しい心ではなく：2006・5・33
一枚の落ち葉に：2003・11・178
命の系譜を：2006・9・42
生きてさえいれば：2013・6・387
老いても：2013・6・381
優しさのほかは：1997・6・20
ただ：海山p375
この世を：海山p455
自分が一つ：1996・1・8
信じられないほど：2013・6・387
最高のものを：海山p184
死のことなど：2014・3・68
この：1995・3・44

八　川の音がかすかにする

お父さんがいるから：2007・8・414
息子の発狂が：川の音p10、1994年
狂った息子の：川の音p12、1994年
強制入院させるため：川の音p11、1994年
息子を：川の音p13、1994年
狂った息子は：川の音p15、1994年
息子が：川の音p14、1994年
街で見る狂人に：川の音p16、1994年
単純明白なことだ：川の音p19、1994年
「三つとも深さ七センチ：川の音p21、1994年
息子が：1994・6・4
だめな奴だが：川の音p23、1994年
ずっと：川の音p25、1994年
屈葬の形で：川の音p22、1994年
家族の：川の音p26、1994年

作品メモ

歌の1行目:発表した書籍名、書いた年月等。または発表した五行歌誌の年・月号・頁。
※歌集名は一部略　『穴のあいた麦わら帽子』…麦　『川の音がかすかにする』…川の音

一　穴のあいた麦わら帽子

君のまぶたに：麦p6、1958年7月頃
ギリシャ壺の：麦p20、1958年
あの人の：麦p37、1958年
花びらの：麦p14、1957年10月10日、
　午後7時半、最初に書いてみた五行歌
どんな：麦p32、1958年1月
君はぼくの：麦p60、1964年頃
歌なんてと：麦p54、1970年頃
新しく：麦p71、1970年頃

二　生きる花壜

自分の詩集が：麦p64、1972年頃
病気が：心の果てp185、1974年頃
呼吸困難の：麦p123、1977年頃
ああもう：麦p126、1977年頃
一つ二つ：麦p137、1971年頃
だれかが：麦p127、1976年頃
ストーブの：麦p66、1975年頃
貧しさの：麦p130、1975年頃
なにもかもに：麦p108、1978年頃
不安を一つ：麦p121、1978年頃
「冷たい奴」：心の果てp184、1990年頃
自分で：1995・6・56
たいしたことなど：麦p117、1981年頃
この悲しみこそ：麦p104、1982年頃
人並みに：心の果てp54、1992年
自分は：1995・2・2
美しいもの：心の果てp79、1992年
失ったものは：麦p70、1976年頃
　（中村和枝さんへの年賀状に書いた）
いろいろな：心の果てp54、1992年
苦しみなしの：1997・2・130

三　詩業

崩れていく：1995・10・49
妻よ：1995・4・60
生きられない：1996・7・22
啄木のように：2000・5・235
人の家まで：2003・12・152
倒産を：1995・4・61
深刻に：海山p453、2003年
お金を軽蔑して：2008・11・418
渾身の：2009・11・58
引っ越して：2004・3・32
さあ：2004・3・363
歌を書くということは：2003・12・357
自分の歌集を：2013・10・60
うたびとは：1999・3・106
すべては：2006・4・40
ほんとうに：2013・10・379
真の詩ができるまで：2006・1・380

四　思い

思想は：2006・1・40
謙虚の底の底：2006・2・46
人は：2002・7・17
思いの道が：2002・8・18
人は：海山p64、2004年頃
「深くもの思えば：2002・3・251
暴力を：2002・3・100
思いで：2002・6・106
青が：2002・9・136
わからない：2009・5・411
頭が長いっていうのも：海山p40、2000年頃
湖を満たす：海山p36、2002年頃
知らないことが：海山p59、2004年
自分で：海山p146、2004年
もし：海山p46、2005年
緑の：2002・11・288
思惟は：2004・6・30
部屋に：海山p218、2004年

五　花

嬉しいと一言いう：2006・4・355
渋い黄：2013・4・30
ピラピラの：2005・5・35
まず紅梅の：海山p67、2005年
緑の上を：海山p75、2004年
花は：2012・5・316
青でもなく：2006・7・38
桜並木の：2006・5・375
半年は：2006・7・386

五行歌の会について

著者、草壁焔太を中心に、平成六年四月「五行歌の会」が発足し、同人・会員の作品により、月刊『五行歌』を刊行しています。五行歌に興味のある方、作りたいと思われる方は、ご連絡下さい。月刊『五行歌』は、一〇〇〇円（税込・送料別）で、一冊からお送りできます。また、全国各地で歌会も行われています。詳細は、五行歌の会事務局までお問い合わせ下さい。

5gyohka. com

五行歌の会事務局

〒162-0843 東京都新宿区市谷田町三―十九川辺ビル1F
TEL 03（3267）7607
FAX 03（3267）7697
メール post@5gyohka. com
振替 00150-8-766728 名義 五行歌の会

五行歌の会規約

一、五行歌の会は（主宰・草壁焔太）、毎月一回雑誌を刊行する。

一、会は、同人と会員によって成る。

一、五行歌を書く意志のある人は、誰でも入会でき、またいつでも休、脱会できる。

一、同人は毎月三千円を、会員は、毎月二千三百円を半年分前納する。新規入会者は入会金三千円を納める。

一、同人は原則として入会後六か月後、五行歌への熱意、貢献、作品などに鑑みて、主宰者または同人の推挙によってなることができる。

一、外国人留学生は会費を免除する。また中学生以下の学童も、両親のいずれかが同人、会員である場合、会費を免除する。それ以外の学童及び学生（但し、二十五歳以下）は会費を半額とする。

一、同人は次号用の原稿を、六首以内（掲載は原則として五首以内）、会員は次号用の原稿を、四首以内（掲載は原則として三首以内）を、締切日までに、五行歌の会宛て送る。

一、作品はB4原稿用紙に書くこと。ワープロ文字、電子メールも可。

一、同人・会員以外でも、雑誌を定期購読することができる。六ヵ月分（六〇〇〇円）前納する。購読者は毎月一首「読者作品」欄に投稿できる。

草壁焔太（くさかべ　えんた）

1938 年旧満州大連生まれ。1947 年（9 歳）小豆島に引揚げる。1956 年（17 歳）前川佐美雄の『日本歌人』に入門。1957 年（19 歳）五行歌創始。

東京大学文学部西洋哲学科卒。ライター編集などをしながら詩歌の活動に専念。

1994 年五行歌の会創立。五行歌の会主宰。著書は「石川啄木―天才の自己形成」など文学評論、翻訳など多数。五行歌集は『穴のあいた麦わら帽子』『心の果て』『川の音がかすかにする』『海山』、五行歌論書は『もの思いの論―五行歌を形作ったもの』など。

遊子（ゆうこ）

本名、田沼（旧姓木村）まち子。

1947 年福島県平市（現いわき市）生まれ、1965 年福島県立磐城女子高校卒業、1969 年千葉大学教育学部卒業。2000 年五行歌の会入会、2002 年長野県小諸市に「こもろ五行歌の会」を発会し代表となり、現在に至る。

草壁焔太五行歌選歌集　人《ひと》を抱《だ》く青《あお》

編者　遊《ゆう》子《こ》

発行人　三好叙子

発行所　株式会社　市井社

〒162-0843　東京都新宿区市谷田町三ー一九

川辺ビル一階　TEL03-3267-7601

印刷・製本　創栄図書印刷株式会社

第一刷　二〇一五年三月二十五日

定価はカバーに表示してあります。

ISBN978-4-88208-133-3 C0092

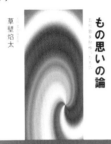

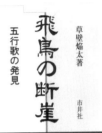

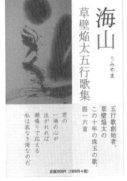

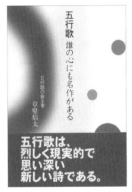